A

NAPOLÉON III

PAR

M. Jules FERRAND.

———————⬦———————

PARIS

TYPOGRAPHIE PLON FRÈRES,

IMPRIMEURS DE L'EMPEREUR,

RUE DE VAUGIRARD, 36.

—

1853

« Dans le rétablissement de l'Empire, le peuple trouve
une garantie à ses intérêts et une satisfaction à son juste
orgueil : ce rétablissement garantit ses intérêts en assurant
l'avenir, en fermant l'ère des révolutions, en consacrant
encore les conquêtes de 89. Il satisfait son juste orgueil,
parce que, relevant avec liberté et avec réflexion ce qu'il
y a trente-sept ans l'Europe entière avait renversé par la
force des armes au milieu des désastres de la patrie, le
peuple venge noblement ses revers sans faire de victimes,
sans menacer aucune indépendance, sans troubler la paix
du monde.

« .... Ce sera la nation qui, en m'élevant au trône, se
couronnera elle-même. »

(*Message du* PRINCE-PRÉSIDENT *au Sénat,
du 4 novembre* 1852.)

A

NAPOLÉON III.

I

CHANT DES COSAQUES.

« Hurrah! louange à Dieu qui frappe le superbe!
» Amis! il est tombé, l'Empereur tout-puissant.
» Sur un écueil, là-bas, caché sous un peu d'herbe,
» Il dort, et le flot seul le salue en passant.

— « Du Sud à l'Aquilon, du Couchant à l'Aurore,
» J'étendrai, disait-il, mon empire éternel. » —
» De cet empire éteint la cendre fume encore :
» Qu'elle soit dispersée aux quatre vents du ciel!

» Amis! n'avait-il pas, dans son cœur, fait le rêve

» De laisser à son fils rois et peuples vaincus?

» Ce fils, comme une fleur déjà morte en sa sève,

» Il languit, pâle espoir d'un règne qui n'est plus!

» Déjà la République était loin de Jemmapes.

» Nous avions dans son lit fait rentrer le torrent.

» Des Alpes à Paris nous comptions les étapes:

— « Halte! » — crie une voix. C'était un conquérant.

— « Du dieu de la fortune et du dieu de la guerre

» Voici, dit-il, celui qui marche accompagné! » —

» Alors, jetant au sort le sceptre de la terre,

» Seul contre tous il joue, et ce sceptre est gagné.

» Comme ces voyageurs qui vont à l'aventure,

» Il voulut visiter nos froides régions.

» Vainqueur du monde, il crut qu'il vaincrait la nature.

» Il partit. O Varus! où sont tes légions?

» Des grands chênes l'orage en vain courbe la cime.

» Bientôt, du ciel toujours se disant l'envoyé,

» Il se leva, pareil à l'ange de l'abîme,

» Bravant la main du Dieu qui l'avait foudroyé.

» Déjà la terre encor de son ombre était pleine.

» Soldats vengeurs des rois terribles et jaloux,

» Du Nord et du Midi, des monts et de la plaine,

» Tous, nous sommes venus au dernier rendez-vous.

» O journée immortelle, à ses aigles fatale,

» Depuis longtemps promise au cri des nations!

» O chute de Paris, la grande capitale!

» O juste châtiment des révolutions!

» Deux fois la Seine a vu passer sur ses rivages

» Nos étendards, vengés de l'affront d'Austerlitz;

» Deux fois les chants du Don et ses danses sauvages

» Se sont mêlés aux chœurs qui célébraient les lis.

» Ah! si notre colère épargna Babylone,

» Nous n'en sommes partis que chargés de butin,

» Avec la joie au cœur, en laissant la Colonne

» Veuve et frappée au front par la main du destin!

» C'est en vain que Brennus voudrait dans la balance

» Jeter encor son glaive : il n'a plus qu'un tronçon.

» Vendu par les traités à la Sainte-Alliance,

» Il ne s'affranchira qu'en payant sa rançon.

» Sa haine est impuissante et sa menace vaine.

» Huningue le couvrait : ses remparts sont détruits,

» Et libre est le chemin qui, du Rhin à la Seine,

» Après vingt ans d'efforts, nous a deux fois conduits.

» O France! paix à toi, si tu sais être sage!

» Sinon, vive la guerre, et malheur aux vaincus!

» Songe à ceux qu'Attila fauchait sur son passage.

» Bientôt, l'on compterait les jours que tu vécus.

» Hurrah! louange à Dieu qui frappe le superbe!

» Amis! il est tombé, l'Empereur tout-puissant.

» Sur un écueil, là-bas, caché sous un peu d'herbe,

» Il dort, et le flot seul le salue en passant. »

II

CHANT NATIONAL.

Ainsi, le verre en main, ils chantaient. Joie impie!
Heureux de nos malheurs, ils chantaient Waterloo.
Waterloo! jour sanglant, jour de ceux qu'on expie
Par un de ces soleils tels qu'en vit Marengo!

Oui, de son dur sabot le cheval de l'Ukraine
A frappé notre sol; mais il a tressailli.
Que dis-je? plein de trouble il a fui, hors d'haleine,
Quand du pavé, soudain, l'étincelle a jailli.

Oui, la patrie en deuil a compté, comme Hécube,
Par des revers ses jours, et ses nuits par des pleurs;
Mais ni le léopard ni l'aigle du Danube
N'ont vu ses fiers soldats pâlir devant les leurs.

Oui, Paris, comme Rome, a connu le Vandale.
Croyant piller encor la cité des Césars,
O Colonne! il osa toucher à ta spirale.
Il fit plus... Mais l'histoire en a vengé les arts.

O divin Apollon, qu'insulta le Barbare!
O Vénus Médicis, nos premières amours!
Sera-t-il éternel l'exil qui vous sépare
Du chœur chaste et sacré qui vous pleure toujours?

Anglais, Russes, Saxons, Allemands et Bataves,
Dix contre un, ils marchaient. Ils voulaient, disaient-ils,
Renverser le tyran pour ne plus vivre esclaves...
Un seul a recueilli le fruit de ces périls.

Car il ne rêvait point la liberté commune,
Celui qui pour épée avait une clef d'or.
Où nous cherchions la gloire il cherchait la fortune.
C'était pour le grossir qu'il ouvrait son trésor.

Il ne l'a point conquis le vieux pays de France.
Il a pu dans son antre enfermer le lion.
Du sang d'Hector Achille a pu rougir sa lance;
Atride, sans l'abattre, entrer dans Ilion.

Soyons fiers de ces temps, c'était encor la gloire.
Voyez ces vieux soldats, sanglants et mutilés!
Jetés, par la tempête, aux rives de la Loire,
Ils parlent de venger leurs aigles exilés.

Hélas! leur main frémit en déposant les armes.
Hors l'honneur, tout pour eux en ces jours fut perdu.
Ayant versé leur sang, il leur restait des larmes
Pour féconder le sol qu'ils avaient défendu.

Ils s'en allaient errants, ainsi que Bélisaire,
Heureux quand ils mouraient, car c'était le repos !
Ou, si le sort moins rude épargnait leur misère ,
Ils vivaient sous le chaume avec leurs vieux drapeaux.

C'est là que de ces temps dont ils étaient l'image
Ils confiaient le rêve à l'esprit du foyer.
Napoléon ! c'est là qu'ils te rendaient hommage,
Comme les vieux Romains à leur dieu familier.

Ainsi tes compagnons, ô vaillant capitaine !
A leurs fils enseignaient ton culte ; et quand le vent
Apporta sur nos bords le glas de Sainte-Hélène,
Tout en versant des pleurs, ils te croyaient vivant.

— « Que les rois, disaient-ils, sonnent ses funérailles ;
» De Dieu comme du peuple il est toujours l'élu.
» Comment serait-il mort le géant des batailles,
» Celui dont tant de fois la mort n'a pas voulu ? »

Il vivait, en effet ; son étoile cachée
Resplendissait encor dans notre souvenir.
Sire, dans l'Océan Dieu ne l'avait couchée
Que pour la réveiller au front de l'avenir.

Que dis-je ? un souffle à peine a-t-il chassé la nue
Qui rendait son ciel morne et son jour ténébreux,
La France, en vous voyant, soudain l'a reconnue.
Oui, c'est elle qui luit, car le peuple est heureux.

C'est elle qui, pareille à l'étoile des Mages,
A travers le chemin, Sire, vous a conduit,
Soit lorsque vous erriez sur de lointains rivages,
Soit lorsque le malheur vous cachait dans sa nuit.

O de la Providence impénétrables voies !
Hier pauvre captif ! aujourd'hui chef d'État !
Ainsi, sur cette terre où tout est pleurs ou joies,
Après le vent, le calme ; après l'ombre, l'éclat !

Jadis, quand des Bourbons parut l'antique race,
Ce peuple la marquant du sceau royal au front :
— « Je t'appelle, dit-il, pour régner à ma place
« Sur mes fils qui sont nés et sur ceux qui naîtront. »

Dieu protégea longtemps cette race choisie.
Heureuse, elle croissait; mais dans la volupté
Un des siens s'endormit, semblable aux rois d'Asie.
Alors Dieu le frappa dans sa postérité.

Ils ont régné! Des temps est apparu le signe.
Le peuple s'appartient; et s'il donne aujourd'hui
Au plus vaillant le glaive, et le sceptre au plus digne,
C'est pour se couronner; car l'Empereur, c'est lui!

Régnez donc pour calmer les tempêtes civiles
Qui, par moments encor, grondent à l'horizon.
Il est beau quand les temps, Sire, sont difficiles,
De voir Auguste, en paix, relever sa maison.

Il n'a pas tout entier dévoré Prométhée,
Le vautour que l'Anglais à ses flancs attacha.
A vous le feu divin que son âme indomptée
Osa ravir au ciel, un jour qu'il y toucha.

Sire, vous l'avez dit : Honorer la charrue;
Rendre ou laisser aux champs les fils du laboureur;
Ainsi que les esprits pacifier la rue;
Dans le sein des méchants rejeter la terreur;

Renverser les faux dieux; relever dans les âmes,
Sur leurs chastes autels par le doute abattus,
L'honneur, l'amour, la foi, vives et saintes flammes
Qui font les nobles cœurs et les grandes vertus;

Rendre aux châteaux la paix et la vie aux chaumières;
Au progrès voyageur aplanir les chemins;
Conserver l'héritage amassé par nos pères;
Accomplir des travaux inconnus des Romains :

Voilà les gloires, Sire, à vos efforts promises !
Conquêtes dont le fruit ne sera point perdu.
Non, les peuples domptés, non, les villes soumises
Ne valent pas un pauvre au bien-être rendu !

Ah ! qu'il s'apaise enfin ce sang qui toujours crie !
Qu'importe qu'un lion, le regard sur le Rhin,
A Waterloo s'élève ? au cri de la patrie,
L'aigle s'est échappé de ses griffes d'airain.

Console-toi, César ; il plane sur la terre.
Déjà, par ta mémoire Octave protégé,
A vaincu dans la paix comme toi dans la guerre.
Ton ombre est satisfaite, et le peuple est vengé !

www.ingramcontent.com/pod-product-compliance
Lightning Source LLC
Chambersburg PA
CBHW061521170626
46811CB00004B/1790